Jetzt aus der Zeit fallen

Das Buch

Dieser Geschenkband versammelt Texte, die den Autorinnen direkt aus dem Leben aufs Papier flossen. Gedanken, Gedichte und Geschichten aus dem Moment, festgehalten zum Schmunzeln und Nachdenken, zum Träumen und Genießen, zum Ankommen oder Aufbrechen. Für alle die schon immer einmal aus der Zeit fallen wollten, zum Beispiel JETZT!

Die AutorInnen

Die Herausgeberinnen Elke Heselschwerdt, Sara Löhe, Sybille Strauß-Synesiou sowie die weiteren AutorInnen Dorothea Bauer, Barbara Brachat, Renate Diesch, Bianca Dietz, Beija Flores, Klaus Heselschwerdt, Katja Holzlöhner, Marie Verbeek und Gaby Villing lernten sich in einem Schreibseminar kennen und gründeten bald darauf die Tuttlinger Schreibgruppe „Literarische Geselligkeit". Die AutorInnen verbindet die Freude am Schreiben und die Lust am kreativen Schaffen, deshalb sprudeln aus dieser Gruppe seit nunmehr drei Jahren Texte und Ideen, u.a. auch die des Tuttlinger Lesepfads im Donaupark*, der lesefreudigen Menschen mit den Jahreszeiten wechselnd literarische Impulse und Augenblicke des Aus-der-Zeit-Fallens auf ihrem Weg schenkt.

*mit freundlicher Unterstützung der Stadt Tuttlingen

Elke Heselschwerdt, Sara Löhe, Sybille Strauß-Synesiou u.a.

Jetzt aus der Zeit fallen

Poesie aus dem Leben

Bibliografische Information der Deutschen Nationalbibliothek:
Die Deutsche Nationalbibliothek verzeichnet diese Publikation in der Deutschen Nationalbibliografie; detaillierte bibliografische Daten sind im Internet über http://dnb.dnb.de abrufbar.

weitere Mitwirkende: AutorInnen der Literarischen Geselligkeit

Herstellung und Verlag: BoD – Books on Demand, Norderstedt

ISBN: 978-3-7322-9190-8

Auftakt 7

Du und Ich 15

Kopf an Kopf 37

Von Katzen, Pferden u. Maiglöckchen 61

Über die Zeit 75

Erinnerungen 97

Blaue Stunde 111

Aufbruch 125

Auftakt

Sybille Strauß-Synesiou

Phantomschmerz

Wer sagt, dass Menschen keine Flügel wachsen?

Ich weiß, du hattest welche.

Doch mittlerweile, sagst du,

fühlst du sie nicht mehr.

Hebst nur noch selten ab

und machst auch keine Bruchlandungen mehr.

Beinahe hättest du sie vergessen,

deine kräftigen Schwingen,

wäre da nicht dieser eindeutige Schmerz

dort, wo früher

deine Flügel waren.

Elke Heselschwerdt

Nur 60 Minuten aus der Zeit fallen

Heute früh dachte ich, dass endlich nach langen Monaten MEIN freier Tag ist. Schon ewig habe ich nicht mehr mit angezogenen Beinen auf der Couch gesessen und in Zeitschriften geschmökert. Heute putze ich, dachte ich mir, heute putze ich nichts. Und so war es. Heute lasse ich jede Arbeit links liegen. Ich erledige heute meine Einkäufe nicht. Auch den kranken Nachbarn werde ich heute nicht betreuen. Ich gehe nicht ans Telefon. Dieser Tag soll mir gehören. Meine Güte, ich will einfach mal nichts tun, nur für mich da sein. Endlich möchte ich 60 Minuten und mehr aus der Zeit fallen. Der Kaffee wird kalt, die Schokolade schmilzt. Alles strebt nach Ausgleich:
Hektik & Ruhe, Erlaubtsein & Geheimnis, Taten & Träume.

Sara Löhe

Neue Schuhe

Brandneu liegen sie im Karton.

Ich schleiche mich aus dem Schlafzimmer um sie mir noch
einmal anzusehen.

Knisternd schiebe ich das Papier zur Seite.

Wunderschön rostrot liegen sie vor mir.

Das Wildleder schimmert in seinen Schattierungen.

Kein Schmutz, kein Kratzer, keine Falte – nagelneu.

Mit bloßem Fuß schlüpfe ich hinein.

Drehe den Fuß hin und her.

Laufe auf der Stelle Probe.

Sehe mich im Cafe bei einem Latte Macchiato lässig die
Beine unter dem Tisch hervor schieben.

Gleich morgen verabrede ich mich.

Mit mir und meinen neuen Schuhen.

Marie Verbeek

Wo kämen wir denn dahin?

Ja, wo kämen wir denn dahin
wenn keiner mehr probieren würde
ein Gedicht zu schreiben?
Wenn keiner sich mehr eine Blume
ins Haar stecken würde?
Wenn niemand mehr den Vogelflug beobachtet
und kein Mensch mehr Kuchen backt?

Wo kämen wir hin wenn keiner mehr
seine Lebensgeschichte erzählen würde?
Keiner den Kindern zuhören würde?
Wenn niemand sich mehr verführen lässt
und kein Mensch noch einen Blick
in fremde Kinderwagen wirft?

Wo kämen wir hin
wenn niemand mehr Samen aussäen würde
und jeder nur noch ernten möchte?
Stell dir vor!

Sara Löhe

Das Schreiben

Der Wunsch:	Gesehenes ausdrücken, festhalten, verwandeln.
Der Vorsatz:	Ein weißes Blatt Papier mit sinnhaften Worten füllen.
Die Vorbereitung:	Ein Raum Ruhe, eine Tasse Tee, ein gespitzter Bleistift.
Die Ergänzung:	Das vergessene Schreibpapier aus dem Nebenzimmer holen.
Die Einstimmung:	Tief durchatmen, Augen schließen, Arme lockern, Augen öffnen.
Die Ahnung:	Das heute könnte DER Text werden, der allerallerbeste.
Der Anfang:	Ganz oben aufs Papier – Datum.
Das Problem:	Keine einzige Idee in Sicht.
Die Analyse:	Der Tee war zu heiß, der Bleistift zu spitz.
Die Lösung:	Strichmännchen kritzeln, sich kratzen, gähnen, aufstehen und gehen.
Das Ende:	Der Wunsch:

Bianca Dietz

Verborgener Schatz

Lass den Helden in Deiner Seele nicht sterben.

Er kämpft für Dich, wenn Dein Rücken an die Wand presst.
Er richtet Dich auf, wenn Du brach liegst, niedergestreckt
von Leistung, Druck und geschossenen Worten. Er steht an
Deiner Seite, er hält mit Dir durch.

Pflege ihn, nähre ihn, zeige ihm, dass Du ihn magst.
Du brauchst ihn. Schick ihm eine Tasse Kaffee oder
massier seine Füße. Lass ihm ein Bad ein oder
beschere ihm ein großes Stück Erdbeerkuchen.

Er dankt es Dir sicher und gibt es Dir tausendfach wieder.

Du und Ich

Das gefundene Mehr

Vor elf Jahren verlor ich mein Herz. Ich verlor es weit weg von hier. In einem anderen Land, in einer fremden Kultur und…völlig unerwartet: Ich hatte mich in einen griechischen Mann verliebt. „Aussichtslos", dachte ich.

Doch nach meiner Rückkehr war nichts mehr wie zuvor. Ich fand nicht zurück in mein altes Leben in Deutschland. Alles erschien mir kalt hier, grau, beinahe leblos. Doch das Schlimmste war das Loch in meinem Leib. Das große blutende Loch da, wo einst mein Herz schlug. Verzweifelt suchte ich mein altes Leben und wusste doch: Ich würde es nicht wieder finden. Denn dazu brauchte ich mein Herz. Ohne Herz kein Leben.

Und so entschied ich mich, nach Griechenland zu gehen und mir mein Herz zurück zu holen. Um wieder ganz und heil zu werden. Ich sah mein Ziel vor mir. Der Weg jedoch, der lag im Nebel, versteckt in den Wolken zwischen Deutschland und Griechenland.

Ich begab mich auf eine langsame Reise mit Zug, Schiff, Bus und Fähre. Von Bahnhöfen zu Häfen, von Häfen zu Bahnhöfen, und je mehr ich mich der Insel näherte, umso sicherer wusste ich, dass das Richtige geschehen würde.

Ich fand mein Herz wieder und dazu die Erkenntnis, dass diese Liebe nicht in ein kaltes, graues Land verpflanzt werden wollte. Nicht von meinem Mann und nicht von mir. Also reiste ich erneut zurück nach Deutschland und löste mein altes Leben auf, um leicht und frei in die griechische Zukunft zu gehen.

Geh wohin Dein Herz Dich trägt? Immer wieder neu!

Welches Tempo

Meine Erzählung beginnt mit Worten von
Johann Wolfgang von Goethe:
„…ich sitze auf meinem Klepper und reite pflichtgemäß
meine Station ab, auf einmal kriegt die Mähre unter mir
eine herrliche Gestalt, unbezwingbare Lust und Flügel und
geht mit mir davon."

Meine Phantasie pustet sich auf wie eine blühende
Heckenrose zur Mittagszeit. Ich rieche Freiheit der
Gedanken, vergessen ist meine Pflichterfüllung.
Die Sehnsucht galoppiert über die kurvenreichen Wege zu
deinem Bild. Da sitzt du neben mir: Ein Mann, der weiß was
er will; allen schönen Künsten zugetan, eigenwillig doch
sensitiv, auskennend in Naturwissenschaft und Politik, liebt
das Studieren der Farben, Formen und Frauen, genau wie
Goethe. Zielstrebig, wie auf unser heutiges Fahrtziel nach
Weimar, hast du unsere Liebe gesteuert. Am zweiten Tag
unserer Begegnung sagtest du: "Ich weiß, ich mag dich und
ich will dich heiraten." Nun kennen wir uns sechsunddreißig
Tage und ich bin angetraut an deiner Seite.

Seit damals sind wir nicht voneinander gewichen. Kein Tag ohne dich wäre erfüllend. Du lässt in deinem Garten wachsen, was und wie es will und diese Freiheit gestehst du mir zu. Nur wo es genügend Platz gibt, ist Raum zum Wachsen. Gedeihen braucht Pflege und Zeit. Du führst mich in die Welt der Langsamkeit, des Besinnens, der inneren Kraft, der Schönheit der Musik.

Und wie Goethe über seinen Garten schreibt:
„Geistig geht allzeit dort- das Hegen und das Wachsen fort", genauso steht es um unsere Liebe:

Wir werden zusammenwachsen
wie lila Lavendel im Sommerwind.

Sara Löhe

Du bist mein Heftpflaster

Nicht so ein billiges, das nie richtig klebt und sich bei der
erstbesten Gelegenheit verabschiedet.
Nein Du wärst ein richtig gutes. Mit super starker
Klebekraft. Das Classic-Modell zum Zuschneiden.
Immer genug da von Dir.
Manchmal brauche ich ja nur einen kleinen Streifen von Dir.
Vielleicht für einen leichten Kratzer. Manchmal jedoch
brauche ich auch einen dicken, fetten Riesenabschnitt für
all das was tiefer geht.
Fest umwickelt hältst Du mich dann fest.
Vielleicht zu fest? Na ja dafür gibt es ja die Schutzfolie auf
den Klebestreifen, die können wir dann benutzen.
Öfters wünsche ich mir aber auch, dass Du doppelte
Klebekraft hättest und es für immer hält.

Wie wär's mal ohne Worte? Da kommt so oft Kritisches und
Nebensächliches bei rum. Wenn da mal Ruhe wäre,
könnten Dir meine Augen sagen, was dieser Text versucht:

ICH LIEBE DICH

Elke Heselschwerdt

Zwei Dinge, die sie über meinen Mann wissen sollten

Verlockend duftend wie Orangenöl,
wohltuend wie Louis Armstrongs Stimme,
beständig wie Goethes Tinte und französisch gereifter Brie,
um Frau schnurrend wie Nachbars Kater.

Das ist er – mein Mann

Entrümpeln, aussortieren befreit.
Aber nur mich.
Nicht meinen Mann. Er hortet alles, kaputte Uhren,
Senfgläser, verrostete Schrauben, löchrige T-Shirts, alte
Unterhosen, deren Gummi beim Angreifen krächzt.
Kriegsgeneration und man wird es noch beim Hausbau
brauchen – gilt als Ausrede.

Das ist er – mein Mann.

Lieben oder entrümpeln, das wird die Frage.
Dies könnten Sie bereits jetzt über meinen Mann wissen.

Beija Flores

Ich schenke

mein Haar

als Spielgefährtin

dem Wind

dass er

hindurchfährt

zerzaust

und

zerbraust

bis in die

Wurzel

hinein

den

Gedanken

an

Dich

Was ich nicht wusste, als ich 23 war

Nun bin ich alt. Alt?

Nee, davor möchte ich mich bewahren, sagen wir besser:

Ich bin wertvoll wie Silber oder ein Jugendstil-Schrank.

Franz-Liszt-Musik ist auch Jahrhunderte alt und doch von

Kennern und Genießern geliebt.

Im Regal fällt mir heute ein Buch auf: „Liebesdüfte".

Ich blättere und lese:

Ein aromantischer* Mann ist kein Superroboter, nicht

gestresst. Er ist der Mann, der zu sich selbst gefunden hat

und ein gottgegebenes Selbstvertrauen und seine Stärke

gefestigt hat. Pharaonen im alten Ägypten schenkten

kostbare ätherische Öle statt Medaillen für außerordentlich

vollbrachte Taten. Ptahhotep gab den Ehe-Rat:

„Du sollst ihren Rücken kleiden, ihren Leib salben."

Alexander der Große sammelte Myrrhezweige und

 duftende Gräser, um unter Wohlgerüchen zu schlafen.

Meine Gedanken schwirren zu dir. Auch du riechst nach

Gefühl und Parfum. Ich lese die letzten Zeilen:

Die aromantische* Frau umgibt die Aura einer Frau, die liebt und geliebt wird. Sie fühlt sich stark und unternehmungslustig. Am liebsten würde sie singend und pfeifend ihres Weges gehen. Nichts Unangenehmes scheint bei ihr zu verweilen, die Beschwingtheit, die von ihr ausgeht, ist unmissverständlich und unwiderstehlich.

Ich schlage das Buch zu und schicke dir eine SMS, dass ich mich auf dich wunderbaren Mann freue.

Schnell koche ich Gourmet-Nudeln, röste Champignons mit Ingwer, damit es duftet, wenn du die Tür öffnest. Ich renne in den Garten und pflücke duftende Rosenblütenblätter, die ich auf den Esstisch und auf dein Kopfkissen im Schlafzimmer verteile.

Es klingelt.

Da stehen wir mit leuchtenden Augen und du nimmst mich in deine offenen Arme, kneifst mir in den Po und ich lache. Die Musik, der Liebestraum von Liszt, läuft leise weiter.

Der Mittagstisch ist gedeckt und wir bleiben umschlungen bis die Nudeln kalt sind.

Dass Liebe mit 66 so schön sein kann, wusste ich nicht als ich 23 war.

* kein Schreibfehler

Der Flohmarkt

Liebevoll drapiert er das rote, seidige Tuch auf dem kleinen Tisch. Er ist spät dran. Alle anderen Stände auf dem Flohmarkt haben schon geöffnet. Da ist noch eine Falte, die muss noch weg.

Dann fängt er an, seine Ware, die er verkaufen will, auf dem Tisch zu verteilen. Es sind Teddybären. Er setzt die Teddys so hin, als wären sie ein Publikum, die das rege Treiben auf dem Flohmarkt beobachten:

Die anderen Händler, die unbeteiligt auf Käufer warten, oder die, die mit lautem Rufen die Aufmerksamkeit der Flohmarktbesucher erreichen wollen. Die Menschen, die vorbei gehen und die Kinder, die auf die Bären zeigen und laut ihre Begeisterung ausdrücken.

Er denkt wehmütig an seine Frau, die kürzlich verstorben war und eine Lücke in seinem Leben hinterlassen hat. Sie hatten die Bären auf ihren Reisen gekauft. Und jeder hat einen Namen und eine eigene Geschichte.

Erinnerungen an schöne Zeiten. Doch jetzt alleine, in seinem kleinen Zimmer in der Seniorenresidenz hat er keinen Platz mehr für sie.

Ein kleines Mädchen nähert sich seinem Stand.

„Was kostet der große Bär mit dem Hut?" fragt sie ihn. „Der ist unverkäuflich", antwortet er und fängt an, die Bären wieder einzupacken.

Sara Löhe

Aufwachen

Das Tageslicht erhellt die Kulisse vor dem Fenster.

Alle Akteure stehen bereit.

Die Terrassenmöbel warten auf ihren Einsatz.

Kleidungsstücke wispern sich ihre Stichworte zu.

Vor lauter Aufregung kann der Reiseführer sein
Kartenmaterial nicht stillhalten.

Als stetige Begleitmusik ist das Meer in Hörweite.

Dann unser Signal: die schreiende Möwe am Hafen.

Wir recken und strecken uns,
lassen die Bettlaken rascheln und jeder tut so,
als wäre es ein ganz normaler Urlaubstag am Meer.

Sara Löhe

Wenn wir zelten

24 Stunden frische Luft.
Dem Tag im Sonnenverlauf folgen.

Die Haut ist ständig feucht, vom Baden, vom Duschen,
vom Schwitzen.

Hungrig vom Sonnen – und Meerbad denke ich genussvoll
an das Abendessen.

Das Ritual ist wunderbar: nach dem Duschen, das erste
Mal am Tag richtige Kleidung, die Haut noch prickelnd von
der Sonne. Auf Plastikstühlen vor einem wackligen Tisch
mit Papiertischtuch sitzen.

Der erste Schluck Rotwein: säuerlich, fruchtig.

Sonnengereifte Tomaten und aromatisches Olivenöl
kosten. Auf die Hauptspeise warten, den Grill riechen und
aufs Meer blicken, das Rauschen hören.

Ein-Tauchen

Ich packe all meine Überwindung und Angst vor dem Tauchen in die Badetasche und fahre mit dem Auto los. Mein zukünftiger Tauchlehrer lacht und begrüßt mich sehr freundlich. Mein Tauchkurs beginnt ganz sachlich mit Information über Geräte, physikalische Gesetze und Lungenfunktion. Danach folgt meine Ausstaffierung. Der Tauchlehrer mustert mich und erprobt greift er zur richtigen Neopren Tauchanzuggröße. Nun gehen wir zum Wasser und ich werde mit Blei und 20-kg Flasche beschwert. Ich lerne, einen 90 Grad-Winkel mit meinem Bein zu machen, um mir die Flossen anzuziehen. Ich strenge mich an, locker auf einem Bein zu stehen, damit ich dem Tauchlehrer keinen Anlass gebe, am Abend vielleicht lächelnd zu erzählen, dass da eine Oma war, die tauchen wollte und sich nicht mal die Flossen anziehen konnte. Nein, dieser Schmach will ich entkommen.

Ich bin also fertig angezogen und ab jetzt beginnt das sachte Hineingleiten ins Wasser. Ein Mann, natürlich nur der nüchterne Tauchlehrer, nimmt mich Singlefrau bei der

Hand. Wie romantisch. Wir werden langsam schwerelos. Wie beruhigend und zuverlässig ich geführt werde; ich halte mich vertrauensvoll fest. Auch als der Griff sich löst, bleiben wir zum Greifen nahe, den Anderen nicht außer Sicht verlierend. Selbstständig sein und doch zu zweit! Unter Wasser verstehen wir uns ohne Worte- einfach durch Gesten und Deuten. Wie harmonisch das funktioniert. Die wogenden Pflanzen, die stillen Fische…alles ist beeindruckend, doch am meisten hat mich das Eintauchen in die Zweisamkeit gefangen genommen. Anfassen, loslassen, in Berührungsnähe bleiben, sprechen durch Gesten, verstehen ohne Worte.
Welch ein Beziehungstraum.

Dabei registriere ich das ruhige Leben der Tiere und Pflanzen im Einklang. Selbst der durch uns aufgewühlte Seeboden bewegt sich zeitlupenähnlich. Unter Wasser ist die Welt in ihrem ursprünglichen Schöpfungszustand: Hering lebt mit Heringen, Scholle lebt mit Scholle, Lilien bleiben Lilien. Jedes Teil erfüllt wundersam das Maß seiner göttlichen Erschaffung: Frieden, Gelassenheit, ein Sichergeben an den stillen Rhythmus des Unterwasserlebens.

Auch wir Menschen gleichen uns unter Wasser dem an: Ruhiges, gleichmäßiges Atmen, langsames, doch stetiges Bewegen! Ist dies nicht das Ziel unseres Hierseins? Stattdessen schlagen wir oft wild um uns nach mehr, schneller, größer und noch mehr.

Ich wünschte, ich könnte etwas Ruhe mit an die Oberfläche nehmen.

Meine erste Stunde Tauchzeit ist beendet. Mit sanfter Brise trocknen wir bei 30 Grad Außentemperatur.
Wir philosophieren in der Sonne liegend.
Ich bekomme Saft gereicht, ach wie verwöhnt mich der Mann - der Tauchmann. Er lädt mich zum Mittagsmahl ein und sogar bis nach Afrika würde er im Oktober mit mir fliegen. Ich schmelze fast bei seinem Charme.
Im Hintergrund dudelt: „Wenn auf Capri die goldne Sonne im Meer versinkt…".

Sybille Strauß-Synesiou

Glück auf zwei Rädern

Auf dem Motorrad fahren wir dem See entgegen.

Fliegen zerschellen an unseren Knien.

In diesiger Ferne lächeln majestätisch die Berge.

Am See entlang, zur Höri hin:

Einfahrt ins Paradies.

Rosen, Rosen, Rosen sehen, riechen wir.

Wie alles blüht, reift und gedeiht.

Die Luft ist schwer, erfüllt von milder Süße.

Dann Stein am Rhein.

Die Berge tragen weiße Zipfelmützen.

Sie grüßen uns gebieterisch. Beeindruckt senken wir die

Helme zum Gruß.

Der Fahrtwind zerrt an unseren Hosen.

Die Sonne wärmt streichelnd unsere Haut.

Mein Mann ergreift meine Hand und drückt sie,

kurz und fest…

Welch tiefes Glück.

Sara Löhe

Ein später Anruf
Eine Stimme auf dem Band
Warm wie frisches Brot

Dorothea Bauer

Lirumlarum Liebeskummer-
manchmal wähl' ich deine Nummer.
Nein, das geht nicht! Lass es sein!
Lirumlarum Liebespein.

Lirumlarum Lebensfreude-
welch ein wackliges Gebäude!
Gestern prächtig, heute platt,
womit man nicht gerechnet hat.
Heute passt mein Lebensmut
glatt in einen Fingerhut.

Lirumlarum Lämmerschwanz-
keiner kennt den Anderen ganz.
Hinter deiner Herzensgüte
steckt in einer Plastiktüte
ziemlich Schrilles und auch Böses,
ganz und gar nichts Generöses
und erschrocken stellt man fest:
Hinterm Herz ein Wespennest.

Mein schönes Lebensende
Lirumlarum Langsamkeit-
zur Eile bin ich nicht bereit.
Geruhsam wandre ich zum Grab,
schneid' auf dem Weg drei Röslein ab,
werf' mir selbst noch die Röslein nach,
nur nicht so schnell, gemach, gemach.

Kopf an Kopf

Sybille Strauß-Synesiou

Das Große im Kleinen

Die Welt sich im Regentropfen widerspiegeln sehen
und den Himmel in der Pfütze.

Die Unschuld der Menschen im Blick eines Kindes
erkennen
und das Wunder des Lebens in seinem Lächeln.

Das Große im Kleinen finden,
auch wenn der Wind mit dem kupferroten Schweif
eines toten Eichhörnchens
am Wegesrand spielt.

13. August 1961

Wir drei Kinder sind bei Omi und Opa in den Ferien. Wir sind 13, 10 und 7 Jahre alt. Fünf Jahre zuvor, 1956 sind wir vom Osten in den Westen geflüchtet. Einfach morgens nicht zur Schule, rein in die Eisenbahn und in West-Berlin gelandet. Das Leben begann neu und alles war unbekannt.

Die Ferien waren der schönste Teil des Jahres, denn da durften wir wieder in unser altes Haus zu Omi und Opa, in unser Zuhause. Alles war vertraut. Der Hof mit der Schaukel, die Holzmiete, der Garten mit den grünen Bohnen, die zu ernten und zu schnippeln waren. Die Freunde aus der Sandspielzeit fuhren wieder Fahrrad mit mir, Omi kochte Kirschsuppe, Opa rauchte seine Zigarillos und Omi sagte immer: „Willi, paff doch aus'n Fenster". Dann lehnte sich Opa gemächlich auf das Fensterbrett und paffte vor geöffnetem Fenster seine Zigarre.

Unsere Eltern hatten als DDR – Flüchtlinge Einreiseverbot und nur wir Kinder durften in unsere alte Heimat zurück. Dann kam mitten in den Ferien am Vormittag der Besuch einer Nachbarin mit der Nachricht: „Frau Schüler, ham' sie schon gehört: in Berlin wird eine Mauer gebaut. Sie haben doch ihre Enkel hier." Was das bedeutete verstanden wir Kinder nicht. Nur, dass eine unheimliche Unruhe bei Omi und Opa ausbrach und dazu führte, dass sie unsere Koffer packten und mit uns in den nächsten Zug nach Berlin stiegen.

Drei Stunden Fahrzeit und es ist dunkel, als wir in Berlin-Ost-Friedrichstraße, Endstation, ankommen. Durch irgendein Gewurschtel landen wir draußen vor einer Mauer mit Arbeitern und einer noch türgroßen Öffnung. Omi sagt zu einem Vopo*: „Die Kinder müssen zu ihren Eltern in den Westen". „Nein, geht nicht, der Reiseverkehr ist eingestellt. Keiner kommt rüber", ist die Antwort. „Aber wir sind doch alt und die Kinder gehören zu den Eltern", höre ich Omi flehen.

Es entsteht ein Hin-und-Her-Gerede, mehrere Vopos um uns herum stehen an der lampenbeleuchteten Grenze. Wohin gehören wir?

Schließlich kommt eine Entscheidung. Omi gibt ihren Pass einem Vopo, Opa bleibt bei einem anderen Vopo und Omi darf mit uns drei Kindern durch das türgroße Loch in der Mauer. Sie übergibt uns einem Westberliner Polizisten.

Unter Heulen und Umarmen verabschieden wir uns von den Großeltern. Dass es ein Abschied für lange Jahre sein würde, ahnten wir damals alle nicht.

Ich glaube, dass wir drei Kinder die letzten waren, die am 13. August 1961 in der Nacht durch die Mauer gekommen sind.

Deutschland war endgültig mit
Stacheldraht und Schießbefehl geteilt.

* Vopo= DDR – Volkspolizist.

Seelenregen

In meiner Seele regnet es.

Dicke Tropfen fallen.
Bäche rinnen an Scheiben entlang.
Tropfnass platzen Blasen auf dem Asphalt.
Feine Stiche wehen von links.

In meiner Seele regnet es.

Miguel und die Sterne

Fast geräuschlos glitt der letzte Nachtzug aus der Halle. Der Bahnsteig war leer bis auf einen einzelnen Mann. Er hatte sich eine Zigarette angezündet und starrte dem Zug nach, dessen rote Schlusslichter rasch kleiner wurden. Als die Lichter gänzlich verschwunden waren, wickelte er seinen Schal enger um den Hals und schlug den Kragen seiner Jacke hoch. Den Blick auf die Gleise geheftet zog er genüsslich an seiner Zigarette. Er lauschte dem leisen, beruhigenden Knistern des verbrennenden Tabaks. Der Rauch, den er ausstieß, blieb als regungslose Wolke in der kalten Nachtluft über seinem Kopf stehen. Wie eine leere Sprechblase in einem unvollendeten Comic. Es war still. Die Bahnhofshalle- menschenleer. Die Luft roch nach abgeriebenem Metall und Urin.

Der Mann war nicht eben angekommen, ausgespieen von einem der hier eingefahrenen Züge. Nein, er lebte schon seit Jahren hier. In Deutschland. Sein muskulöser Körper erzählte von Kraft und Energie, seine bronzefarbene Haut schimmerte warm, als trüge sie die Sonne in sich. Umrahmt von dichten Wimpern glitzerten seine dunklen Augen wie schwarze Steine. Er war ein phantastischer Erzähler und ein wundervoller Sänger. Sein Name war Miguel.

Während er den Gleisen in die Dunkelheit hinaus folgte, schnippte Miguel seine Zigarettenkippe in die Nacht. Sternschnuppenartig verglühte sie, sekundenschnell. Die Luft wurde bei jedem Schritt besser. Frischer. Miguels Ziel war die einsame Bank am Ende des Bahnsteigs. Wenn Unruhe und Eile sich, zäh wie Nebel aus den Straßen der Stadt zurückgezogen hatten, wenn es leiser und dunkel wurde, dann machte Miguel sich manchmal auf den Weg hierher. Er kam der Stille wegen, die sich wie ein dunkelblaues, seidenes Tuch über die Gleise legte, nachdem der letzte Zug seine Reise in die Nacht angetreten hatte. In der Ferne flackerten Lichter. Der alles umspannende Sternenhimmel gaukelte Miguel unendliche Weite vor, der kühle Nachtwind schenkte ihm ein Gefühl von Freiheit und Aufbruch. Er machte es sich auf der Bank bequem, indem er sich ausgestreckt auf den Rücken legte. Seinem Atem lauschend blickte er in die Sterne, ließ sich auf ein Rendezvous mit seinen Erinnerungen ein und hing seinen Gedanken nach.

Miguel war der Liebe wegen gekommen. Für Mara, seine Frau. Sie trug ein Feuer im Herzen und hatte Musik im Blut. Sie war erfüllt von sprühender Lebensfreude, die übersprang wie die Funken einer Wunderkerze und jeden zum Strahlen brachte, der in ihre Nähe kam. Und, …sie war Deutsche.

„Wo sie ist, da ist Heimat". So fühlte Miguel, als er für sie sein Land verließ. „Was bist Du?", wollte man bei seiner Ankunft wissen. Doch niemand interessierte, wer er war. Sie hörten seine Lieder, doch sie verstanden sie nicht. Sie verlangten nach seinen Geschichten, doch ihr Zauber berührte sie nicht. In Deutschland hatten Miguels Schätze ihren Wert verloren. Sie waren bedeutungslos für die Menschen hier. Miguel lernte schnell und viel. Auch, dass es gute und schlechte Fremde gab. Als Spanier gehörte er zu den Guten, trotz dunklem Haar und dunkler Haut. Dennoch schlug ihm Misstrauen entgegen, kalt wie frostige Zugluft an eisigen Wintertagen. Miguel erschauerte oft in diesem Land, und das nicht nur im Winter.

„Wie heißt Du?", wurde er an seinem Arbeitsplatz gefragt. „Miguel", antwortete er mit feuriger Stimme.

„Das lässt sich so schlecht sprechen", befanden sie. Und sie nannten ihn Michael… Als Mara davon hörte, überrollte sie die Scham wie eine gewaltige Welle Eiswasser. Und sie erstarrte kurz. In Trauer und Hilflosigkeit.

Miguel verschränkte seine Arme unter dem Nacken und schloss für einen Moment die Augen. Beim Gedanken an seine Frau flatterte sein Herz in der Brust wie die Flügel eines vorbeischaukelnden Schmetterlings im Sommerwind. „Mara, Mara, Mara- Du bist meine Sonne", rief er zum funkelnden Firmament hinauf. Und wieder blieb eine kleine Wolke in der Nachtluft stehen, diesmal direkt über seinem Gesicht. Es war sein Atem, der nicht weiterziehen wollte. "Ihr Sterne wisst es", raunte er dann. „Manchmal erfriere ich in diesem Land, bei diesen bleichen Menschen." Miguel setzte sich auf. Er kramte in der Jackentasche nach seiner letzten Zigarette. Umständlich zog er sie mit den Lippen aus der Packung und entzündete sie mit klammen Fingern. Dann lehnte er sich an die hölzerne Rückwand seiner Bank. Erneut verfolgte sein warmer Blick die eisernen Wege der Züge.

„Ihr Gleise seid die Möglichkeit…Der einfachste Weg, aus diesem ungastlichen Land zu fliehen." Wie oft tröstete er sich so, wenn er hier saß. „Woran es fehlt ist gar nicht viel", murmelte er vor sich hin. „Ein Lächeln zur richtigen Zeit. Ein bisschen Wärme zwischen den Menschen. Dass sie mit ihren Herzen hören und…, dass sie mich bei meinem Namen nennen. Dann ließe sich hier leichter leben."

Aus den Augenwinkeln nahm er eine Bewegung wahr. Im kalten Neonlicht der Bahnhofshalle entdeckte er die Silhouette einer wartenden Frau - Mara! Während sie langsam auf ihn zu ging- die Hände tief in ihren Manteltaschen vergraben- erhob Miguel sich von der Bank. „Siehst Du die Sterne?" fragte sie zärtlich, als sie bei ihm war. Er nickte stumm und nahm sie fest in seine Arme. Später wanderten sie eng umschlungen Richtung Ausgang. Nach Hause.

Sybille Strauß-Synesiou

Looser

Ein Looser seiest Du, sagen sie,
einer bei dem sie sicher sind: Der schafft es nie!

Sie schauen Dich an, glauben, Dich zu sehen,
doch mit diesem Blick werden sie Dich nie verstehen.

Sie urteilen nach Äußerlichkeiten
und diese Urteile beeilen sie sich schnell
weiterzuverbreiten.

Sie behandeln Dich wie den letzten Dreck.
Du steckst das alles auf Deine Dir eigene Weise weg.

Als ich Dich das erste Mal sah bist Du an einer Wand
entlang geschlichen
und allen anderen ausgewichen.

Rücken rund, Kopf eingezogen.
Dein ganzer Körper- nach vorne gebogen.

Die Hände immer in den Taschen vergraben,
all das hindert sie nicht, Dir ins Gesicht zu schlagen.

Doch im Laufe der Zeit geschah etwas mit Dir:
Du schlichst nicht länger herum wie ein geschundenes Tier.

Du hast plötzlich begonnen aufrechter zu gehen,
und auch dem größten Feind ins Auge zu sehen.

Du bist Kind und ebenso junger Mann,
und langsam – endlich –
gehst Du dich selbst etwas an.

Ich bin sicher, Du hast schon viel Schlechtes ertragen,
Dinge die andere sich nicht mal vorzustellen wagen.

Doch, hey: Du bist zäh, stark und clever dazu.
Wenn Du daraus was machst lassen die anderen
Dich in Ruh.

Ich sag Dir hier eins, und ich glaube daran,
dass aus einem wie Dir ein Phönix werden kann.

Ein Junge, der aus Schutt und Schmutz sich erhebt
und sein eigenes besseres Leben lebt.

Du brauchst mich jetzt nicht so anzuschauen.
Ich hab Dir immer gesagt, es lohnt sich, zu vertrauen.

Halt weiter Dein Herz und die Augen auf,
dann nimmt Dein Leben einen anderen Lauf.

Dein Geist ist frei und mit Deinem klaren Blick
bin ich sicher, so schnell wie früher schreckst Du
vor nichts mehr zurück.

Der blaue Traum

Draußen ist alles grau. Als hätte man die Welt durch eine schmutzige Pfütze gezogen. Schnelle, schwere Wolken hetzen am Herbsthimmel entlang, ein scharfer Wind reißt Blätter von den Bäumen und wirbelt sie durch die Lüfte. Bald wird es regnen. Bei diesem Wetter jagt man für gewöhnlich keinen Hund vor die Tür. Dennoch bin ich bester Laune. Vor mir liegen ein freier Nachmittag und die Einladung zum Kaffee bei meiner Freundin Anne. Vorher will ich noch einen Blick in das Schuhgeschäft am Marktplatz werfen. Ich liebe Schuhe!

Nur halbwegs regenfest ausstaffiert ziehe ich los. Kurze Zeit später löst sich meine Festtagsstimmung in Luft auf, wie eine zu früh geplatzte Seifenblase. Während ich nämlich im Schuhladen auf zitronengelben High Heels zum Spiegel wanke, greift ein junger Kerl blitzschnell nach meiner Handtasche, jagt zum Ausgang und verschwindet. Handy weg, Geldbeutel weg! Eine Verfolgung ist zwecklos, deshalb suche ich sofort nach meinem „Notgroschen" in der Manteltasche und nach einem öffentlichen Telefon. Dabei begleiten mich erste Regentropfen, die schwer und hart auf die Straße klatschen. Versteckt unter mächtigen Kastanienbäumen leuchtet mir kurz darauf sonnengelb die letzte Telefonzelle unserer kleinen Stadt entgegen. Meine Erleichterung verfliegt jedoch schnell, denn beim Herannahen entdecke ich, dass die Zelle bereits besetzt ist. „Hoffentlich ist die da drin bald fertig!" bete ich gen Himmel, während ein unglaublicher Platzregen einsetzt. Ich flüchte unter den alten Baum direkt neben der Zelle. Eine chice junge Frau lehnt im Telefonhäuschen. Sie spricht laut und temperamentvoll. Offensichtlich führt sie ihr Gespräch schon länger, denn die Scheiben im Inneren der Zelle sind bereits beschlagen. Zu ihren Füssen liegt ein meerblauer, triefendnasser Regenschirm. In Gedanken erstelle ich eine Liste der Anrufe, die ich zu tätigen habe, wenn die Zelle endlich frei wird: „Anne anrufen und Treffen absagen, Bank und Telefongesellschaft anrufen- Karten sperren lassen, den Diebstahl bei der Polizei anzeigen…"

Die sensationsheischende Stimme der Frau reißt mich aus meinen Gedanken. „…ja, jeden Tag über 30 Grad!" Ich bibbere. „Wahrscheinlich erzählt sie vom letzten Sommerurlaub", mutmaße ich, stutze jedoch, als die

Stimme fortfährt: „…und jede Menge Palmen, sogar hier vor der Zelle!" Mit lautem „Plopp" plumpst eine dicke Kastanie neben mir auf den nassen Asphalt und eine Extradusche kalten Regenwassers aus dem Baum ergießt sich über mich. „Nein", stöhne ich und stelle entnervt meinen durchnässten Mantelkragen hoch. „Das kannst du mir glauben, Sophie! Seit Monaten scheint die Sonne. Die Leute hier sind sehr nett! Vor allem Tassos!" Während sie spricht, knetet die Frau mit einer Hand gekonnt ihre freche, lockige Kurzhaarfrisur in Form. Dabei dreht sie sich ein wenig, sodass ich ihr Profil sehen kann. Aber das ist doch…Unvermittelt faucht die Frau: „Nein verdammt! Es ist nicht so, wie Du denkst! Er ist mein Chef, ein lebensfroher, hilfsbereiter Mensch. Ihm gehört das Appartement, in dem ich seit März lebe. „In gemäßigtem Ton fährt sie fort: „Spottbillig, direkt über dem „Sokrates", der Taverne, in der ich jobbe. Es gibt im Appartement keinen Telefonanschluss. Ist auch nicht schlimm, denn die Zelle, von der aus ich telefoniere, steht in dem kleinen Dattelhain, direkt zwischen dem Haus und dem Strand. – Ach, traumhaft!"

Jetzt bin ich sicher! Die junge Frau in der Telefonzelle ist Lavinia, die Kellnerin aus dem Fast-Food-Restaurant neben dem Rathaus. Sie kam im Frühsommer in unsere Stadt.

„Ach, wenn du sehen könntest, wie türkisblau die Ägäis vor mir liegt. Ihre Wellenkrönchen glitzern bei jedem Windhauch. Wie hüpfende Diamanten…und diese Luft, salzig-frisch und würzig! Man riecht das Meer. Überall. Inselluft eben!" log sie schwärmerisch. „Nein, nein, durch den leichten Wind macht mir die Hitze gar nichts aus. Und, wie ist das Wetter bei dir in Deutschland?"

„Wem spielt sie dieses Theater vor?" Fragend schiebe ich meinen triefenden Mantelärmel nach oben und werfe einen ungeduldigen Blick auf die Armbanduhr. Dann ist es still in der Zelle. Konzentriert lauscht Lavinia ihrer Gesprächspartnerin. Plötzlich poltert sie los: „Du bist voller Neid, Sophie! Du gönnst mir nicht, dass ich es hier auf Rhodos geschafft habe." Verbittert fügt sie hinzu: „Du hast unseren Traum verraten, nicht ich!" Jetzt wird mir einiges klar! „Ach, hör doch auf, Sophie! Du hast mich im Stich gelassen! Schon vergessen? Du warst zu feige, deine lächerliche Sicherheit in diesem spießigen schwäbischen Provinzrestaurant gegen unser Abenteuer einzutauschen:

Ein Leben im Süden…- „Träume sind der Motor des Lebens", das hast Du immer gesagt! Und? Wo bist Du jetzt? – Ach, Du tust mir leid, Sophie!"

Damit wirft Lavinia den Hörer auf die Gabel. Überstürzt bückt sie sich nach ihrem Schirm, öffnet die Zellentür und nickt mir zu. „Sauwetter!" mault sie, spannt ihren türkis leuchtenden Schirm auf und verschwindet im schwäbischen Regen.

Nachdenklich betrete ich das beschlagene Telefon-häuschen und wähle Annes Nummer.

Sybille Strauß-Synesiou

Am Fluss

Verträumt liegt die Donau im moosig schimmernden Bett.
Die müde Abendsonne schickt lächelndes Licht zu
Menschen auf Kieswegen.

Der Verkehr fließt. Der Fluss steht.
Vom vielstimmigen Konzert kraftvoll geschwellter
Vogelkehlchen getragenes Wandern am stehenden Fluss,
begleitet von im Sonnenlicht schiffschaukelnden
Mückenschwärmen.

Blicke stoßen aufeinander, neugierig und fremd. Wandeln
auf vertrautem Weg. Da bricht sich plötzlich Sehnsucht
Bahn:

Die Lust nach Fremden, der Wunsch nach Neuem.
Verlangen nach Fahren auf dem Strom, nach Landen an
fernen Ufern, nach Vollsaugen mit fremdartigen Düften,
nach Sattsehen an geheimnisvoll anmutenden Menschen,
nach Berauschen an nie zuvor gehörten Melodien und
Sprachen, nach Eintauchen in Neuland.

Im Flusswasser steht senkrecht eine Flasche.

Festgehalten von Donautang. Oder Flussalgen?

Entsetzen macht sich breit. So aufrecht regungslos im Fluss zu stehen…

Welch schauderhaftes Ende.

Sara Löhe

WUT

Wut ist angehaltener Atem der entweichen muss.

Wut ist Energie.

Wut ist Existenzempfindung.

Wut wird zur Depression.

Wut ist ein Gefängnis.

Wut ist der Bruder der Verzweiflung.

Wut ist Wollen aber nicht Können.

Wut ist Emotion.

Wut fragt nicht nach Erlaubnis.

Wut ist ein oft ungebetener Gast.

Wut wird als Schwäche verschrien.

Wut ist der Partner des Muts.

Bianca Dietz

Trotzig im Stehen

Rebellion kennt kein Alter

Entschlossen und nackt

Von
Katzen, Pferden und
Maiglöckchen

Renate Diesch

Raus aus den Federn

Raus aus den Federn um halb sechs, es fühlt sich an, als wär's noch mitten in der Nacht, doch es ist ein freier Samstag in der Früh, Hunderte von Vögeln tirilieren in den neuen Sommertag.

Also kurz gestreckt, dann frisch gemacht und schon hab ich gelacht. Geh sehr schnellen Schrittes in den Stall, streichle zärtlich den letzen Schlaf aus den Augen meines vierbeinigen Kameraden. Übers glänzende Sommerfell gestriegelt, schnell gesattelt und mit Fliegenmittel eingesprüht, aufgesessen, tief durch geatmet, los geritten.

Klack, klack, klack, mit ruhigem Schritt tauchen wir ein in den lebendigen Morgenwald. Von links, von rechts, von oben, ja von überall, erschallt das Morgenlied, grad so als befänden wir uns mitten in einem wunderbaren lebendigen Konzert.

Tief eingeatmet, ein ruhiges zufriedenes Schnauben,
grad so als wollten wir alles Schöne, Lebendige in diesem
Augenblick in uns aufsaugen.

Es ist als befänden wir uns im Paradies, und schweben
durch die wunderbarsten Sphären dieser Welt.

Klack, klack, klack, mit ruhigem Schritt reiten wir aus dem
Sommerwald in die Wirklichkeit zurück.

Sara Löhe

Katzenleben

Eine Katze im Dunkel der Nacht müsste man sein.

Lautlos, streifend um die Häuser und Hecken ziehen.

Beobachten und sich vor Lichtkegeln verbergen.

Auf Samtpfoten mit messerscharfen Krallen.

Erstarren, prüfen und drohend verharren.

Präsent und unsichtbar zugleich.

Barbara Brachat

Als eine Türe zufiel

Als mein Jörg starb, ich ein Wechselbad an Emotionen
durchlebte, nahm ich meine 8 jährige Hündin Saba bei mir
auf. Aufgrund ihres Alters fand sie kein neues Zuhause. Sie
war mir die beste Freundin während der schweren Zeit.
Heute sage ich, uns verband eine Seelenverwandtschaft.

Wohl eine vorausahnende, höhere Macht beschenkte mich
im Mai mit einem kleinen schwarzen Etwas, ein erbärmlich
stark gebeuteltes junges Hundemädchen, das in seinem
ersten Lebensjahr unverdiente Bestrafung und Vernachläs-
sigung tapfer erduldete. Gemeinsam mit mir und Saba und
vielen liebevollen Menschen durfte „Hutzke" die Welt
entdecken, erfahren, dass eine Hand auch liebevoll
streicheln kann. Mit jedem neuem Tag baute sie zusehends
wieder Vertrauen auf. Obwohl zur Weitervermittlung
vorgesehen, adoptierten wir uns gegenseitig. Saba war ihr
Vorbild und führte sie ins Leben, besser wie ich es gekonnt
hätte.

Im August dann musste meine Freundschaft mit meiner Hündin Saba das Schwerste bestehen. Dreieinhalb Jahre waren wir innig vereint und haben uns viel Glück beschert. Sie zeigte mir, dass sie sich vom Leben verabschieden wollte. Durch ihre Augen sah ich in ihre Seele, sie sagen mir: begleite mich, wohin ich gehen muss – nur bitte, bleib bei mir bis zum Schluss, halte mich fest und rede mir gut zu, bis meine Augen kommen zur Ruh. Vertrauendes Wedeln ein letztes Mal – habe sie befreit von Schmerz und Qual.

Manchmal regt sich ein leises Ahnen, ob es Sabas letzte Bestimmung war, meinem Hutzke ein Hundemütterchen zu sein, denn sie selbst hatte nie Junge. Ich hätte nie gedacht, dass sich meine Saba bereits nach drei Jahren wieder verabschieden würde, doch sie übergab mir sozusagen mein kleines Hutzke.

Viele, die uns heute begegnen sagen dann: jetzt kommt wieder das Power Team, denn uns beide sieht man fast nur im Doppelpack. Es ist, als wäre mit Sabas Verabschiedung eine Türe zugefallen und mit Hutzkes Ankunft eine andere, neue Türe aufgegangen.

Ich bedanke mich für diese Fügung.

Elke Heselschwerdt

Einen Frühling im Herzen bewahren

ist wie

ein Nichtrauchervorsatz zu Silvester

Elke Heselschwerdt

Maigrünes Gras
Wächst über der Narbe

Gänseblümchen
Warten auf mein Lächeln

Brennnessel

Brennnessel in meinem Garten, ach wie stehen sie so dicht
und strahlen mich an mit ihrem freundlichen Gesicht.
Für viele ein Graus,
doch für mich ein Augen und Gaumenschmaus.
Denn die Brennnessel im Garten
heißt für mich auch Brennnessel im Tee, Brennnessel im
Salat, Brennnessel in der Suppe, Brennnessel im Spinat
und als Dünger für Tomaten.
Für Gurken und Co
erfreuet sie mich ebenso.
Darum schreib ich ihr zu Ehren ein Gedicht,
dass man sie nicht vergisst.

Ich will ihr hier nur danken, nicht mit 99 Franken, auch nicht
mit einem Kuss, denn sonst wär' mit unserer Freundschaft
Schluss, doch stets mit Ehrerbietung, in tiefem Gedenken,
denn sie wird mich immer mit Gesundheit beschenken.

Sara Löhe

Sich wie Efeu um einen Baum ranken.

Sich im Wind wiegen wie Gras.

Sich wie Herbstlaub fallen lassen.

Sich ausbreiten wie Moos.

Sara Löhe

Die Artistin

In der blauen Stunde sitze ich und schaue dem Abendhimmel beim Farbmischen zu. Spätsommergrillen sind mein Orchester. Ein Rabe kündet den nahen Herbst.

Sie hangelt sich über den nun nutzlos, aufgespannten Sonnenschirm und landet weich auf ihren Füßen. „Naaa was machst Du?" fragt sie mich im Singsang und legt den Kopf schief. „Nichts" antworte ich. „Ahhhh" erwidert sie desinteressiert und riecht an den Tomatenpflanzen.

Unvermittelt schwingt sie sich in einer fließenden Bewegung auf das Balkongeländer. Balancierend läuft sie aufreizend an mir vorbei. Ich unterdrücke den Impuls „Vorsicht" zu rufen und lehne mich stattdessen betrachtend zurück. Schelmisch lächelt sie mich an, wartet auf meinen Widerspruch und ist während dessen ganz bei sich. Als ich sie nicht zur Vorsicht bitte, stellt sie sich provozierend auf ein Bein, ganz nah am Abgrund. Ich bleibe betrachtend.

Ich sehe ihre starken, wohlgeformten Beine, ihren Körper
voller Kraft und Konzentration. Wunderschön ist sie,
verspielt wie ein Kätzchen, tief und rot wie Trauben.
Solche aus denen kräftiger Wein entsteht.

Sie zwinkert mir zu und ist mit einem
dreifachen Salto – rückwärts von meinem Balkon
verschwunden.

Ich bleibe zurück mit einem Gefühl der Leere und
unstillbarer Sehnsucht.

Sybille Strauß-Synesiou

Wenn der Abend kommt

Ich liebe es,
wenn der Abend kommt,
wenn die Katze auf dem Sofa döst,
wenn dein Schlüssel sich im Türschloss dreht.

Wenn auch die anderen sicher
zuhause angekommen sind.
Wenn die Zimmer erleuchtet
und die Straßen leer sind.

Wenn für einen kurzen Moment
Ruhe und Frieden
einkehren
in mein Leben.

Ja, das liebe ich.

Über die Zeit

Sybille Strauß-Synesiou

Über die Zeit

Eine kluge Frau sagte einmal:
„Wir haben keine andere Zeit als diese!"

Und sie sprach weiter - zu meiner Qual – erklärte,
dass die Zeit stillstehe, ja, dass sie nicht fließe.
Die Zeit ist keine Dauerläuferin die endlos rennt
im selben Takt.

Ich bin es, die durchs Leben stürzt – wohin?
und deren Absatz auf den Wegen klackt.

Elke Heselschwerdt

Auf meine Wechselhaftigkeit ist Verlass.

Ich bin meiner Unbeständigkeit treu.

Damit kannst du rechnen.

Mein ICH braucht Politur

Mein ICH will eine Pause, will raus aus den vergrauten Arbeitstagen. Die Fotos vom letzten Urlaub vergilben.

Mein ICH will in Langeweile dösen, stundenlang in Zeitschriften schmökern, keinen Pflichtaufgaben Dringlichkeit geben.

Mein ICH will Ewigkeiten nach Kleidern und nach Flatterhemden schnüffeln. In aller Herrgottsruhe will ich unterm Sonnenschirm dunkle Schokolade mit Sahne genießen. Ich will meinen Körper zum Spazierengehen bringen. Vielleicht fällt mir auch noch was Schnuckeligeres ein.

Meine Güte, es sind hunderttausend Jahre her, dass ich meinem Alltag und mir selbst Creme und Glanz gegeben habe.

Elke Heselschwerdt

In dieser kurzlebigen schnellen Zeit

ist es nicht ausreichend

Minuten – Tochter

oder

Minuten – Mutter

oder

Minuten – Ehefrau

oder

Minuten – Ehemann

zu sein.

Es ist ein Schnappschuss in mir.

Pusteblumengedanken

und Schmunzelpläne.

Elke Heselschwerdt

Gedanken brüten

Entweder Gedanken brüten, Taten vollbringen
oder im Schlaf träumen:
Zeit ist das schönste Ei der Welt.
Alles drin.
Die Zeit ist gut. Zeit bereichert das Leben.
Es kommt nicht dauernd darauf an, was wir bekommen,
sondern auch, was wir geben wollen.
Jeder könnte Zeit für sich haben
und Zeit an andere verschenken.
Zeit ist das schönste Mitbringsel der Welt.
Zeit ist da, um unseren Einfluss geltend zu machen.
Wem das wohl gelingt?
Zeit ist das schönste Ei der Welt.
Alles drin.
Couchliegen, unkrautrupfen, bürogehen,
trauern, kranksein, verabschieden, kichern.
Die Zeit ist eine Läuferin ohne Verschnaufpause.
Keine Stoppuhr, kein Wollen können sie bremsen.
Nur das Einhalten des Maßes obliegt dem Menschen.

Sara Löhe

Wenn ich tanze

Wenn ich tanze erwacht die verbotene Göttin in mir.

Mit der Göttin Demeter tanze ich auf einem fruchtbaren
Acker und grabe die Füße tief ins Erdreich.

Schlängelnd, zischend, verführerisch windet sich mein
Becken im Zeichen der Endlosigkeit, der Acht.

Wippend, wiegend in breitem Stand, lachen und klatschen
mir alle Mütter der Erde zu.

Vibrierend befreit sich mein Körper jubilierend aller
bindenden Fesseln.

Einem Zeichenstift gleich, male ich die Sonne,
den Mond und die Sterne in die Luft.

Jeder Schwung meines Beckens löst sich von meinem Körper und fliegt in Wellen durch den Raum, trifft auf eine andere Frau, die ihn in sich aufnimmt,
verwandelt und erneut hinausschickt.

Die Akzente meiner Brust sind wie helle Klänge. Hört man genau hin, erkennt man in ihnen das Lachen ferner Mädchen. Sie sitzen im Kreis um einen mondbeschienenen Teich. Der Takt stampfender Füße auf dem Boden.

Ich schaue hoch und blicke in die koboldhaften Augen einer alten Frau. Ihr ganzer Körper lacht, während sie schwebend und zugleich tief verwurzelt einem uralten, geheimnisvollen Tanz folgt.

Eilig folge ich ihr.

Mitten durch die dunkelblaue Sternennacht, hinüber zu den Schwestern vom Mondteich.

Sara Löhe

Zugfahrt bis ans Ende der Welt.

Aussteigen und direkt ans Meer.

Tosend, rauschend, wirbelnd, donnernd.

Der Atlantische Ozean

Elke Heselschwerdt

Episode

mit dem ungewaschenen 1-Tisch-Restaurant-Besitzer

in der Provence:

Wir begutachten seine Speisekarte,

finden nichts Appetitliches,

entschuldigen uns für das Nicht-Konsumieren.

Er meint:

„Heute Abend hab ich was Schönes vor,

ich lasse mir durch NICHTS den Tag verderben."

Welch grandioses lebenswertes Credo.

Sara Löhe

Unterwasserachterbahn

In voller Fahrt bin ich auf einmal mit dabei.

Jage ganz tief unten durch dunkelgrünes Wasser.

Eine kühle, blaue Welle beschleunigt mich auf
atemraubende Geschwindigkeit.

Warm und türkisblau ist das Wasser,
was mich nach oben trägt.

Knapp unter der Wasseroberfläche
rase ich weiter nach vorn.

Sonnenstrahlen brechen durch die Oberfläche.

Die Welt außerhalb ist noch nicht zu erahnen,
das Wasser hält mich in ihm fest.

Den Druck der Fahrt spüre ich am ganzen Körper.

Jubel formt sich in mir,
wird zu einer sprudelnden Quelle, steigt auf.

Vom Glücksstrudel erfüllt,
öffne ich den Mund und jubiliere.

Ich erahne die Fahrtrichtung, ein paar Momente noch,
dann geht es wieder abwärts.

Kopfüber in die blaue Welt.

Sara Löhe

Sommerzeit mit Dir

Ich sehe ein weites offenes Land.
In der Ferne liegt ein mit weißen Schaumkronen bedecktes
Meer. Sanfte Hügel erstrecken sich vor mir.
Heidekraut, trockene Gräser und ein paar Sommerblumen
schmücken sie. Roter Klatschmohn ziert ein entlegenes
Feld. Die Sonne steht tief, die Luft ist dicht und warm.
Fast schon erschöpft vom langen Sommertag hört man die
Zikaden schnarren. Gedämpft hört man das Meer tosen.
Etwas liegt in der Luft, etwas was die träge Mittagshitze
vertrieben hat.

Ich setze mich auf einen Hügel und spüre unter mir den
trockenen Boden. In ihm summt und brummt es, in ihm
vibriert das Leben. Mit geschlossenen Augen spüre ich die
Sonne auf meinen Schultern. Warme würzige Luft umfließt
mich, hält mich wie liebevolle Arme fest umschlossen.

Sommerzeit mit Dir.

Sybille Strauß-Synesiou

Versinken in Blau

Bahnen ziehend- eins, zwei, drei-
lasse ich die Welt
über mir-
das Kreischen und Johlen
das Rauschen und Plätschern-
versinke im Blau.
Die Sonne spielt mit den Wellen
über mir,
Kinder und Kriege toben
über mir.
Bahnen ziehend- eins, zwei, drei-
stoße ich mühsam
alle Gedanken, alle Gedanken,
aus meinem Kopf.
Bahnen ziehend
schwimme ich mich frei,
versinke im Blau
werde ruhig
und klar.

Sybille Strauß-Synesiou

Draußen sitzen

Draußen sitzen, abends.
Warme Holzdielen unter nackten Fußsohlen.
Süßen Fliederduft in der Nase.
Sonnengolden die Haut.
Und Vögel geben ihr Abendkonzert.

Still, ganz still steht das Windspiel im Garten
und Pusteblumen warten auf die nächste laue Brise,
ihre zarten Fallschirme zum Abflug bereit.
Sanft färbt sich der Himmel apricot.

Müde streckt der Apfelbaum seine alten Arme
in den Abend.
Wenn Stille herrscht hört man sein Seufzen.
Über der Welt malt ein Flieger lautlos
schnurgerade Kondensstreifen ins orange beschienene
Blau.

Draußen sitzen, abends.

Sara Löhe

Ein warmer Herbstwind trägt mich in
hohem Bogen weit hinauf.

Lässt Baumkronen an meinen
Fußsohlen kitzeln.

Fuchsteufelswild

Rege, beweglich, frohgesinnt war mein Mai-Gemüt.
Mai-Wiesen, Mai-Luft, Mai-Lust waren in üppigen Formen
vorhanden.

Monate sind ins Land gezogen. Viel Holz liegt gestapelt im
Schuppen, Feuer ist im Ofen entfacht, ausgebreitet hat sich
der Geruch nach Tanne, das Knacken der Lärche
verspricht wohlige Wärme. Es wurde Herbst.

Vergangen ist die Heiterkeit des Sommerwassers und die
Zartheit der Duftrosen, die Pflanzenfarben sind verblasst
und verschwunden.

Es regnet Erinnerungen an gelebtem Trubel. Es donnert
Aggressionen gegen den Verfall, gegen Verweslichkeit,
gegen Einschränkungen im Leben, gegen Machtlosigkeit
gegenüber dem Schicksal.

Für mich herrscht keine Versöhnung mit der herben Wirklichkeit des Verlustes an Farbe, an Grün, an Lust.

Angesetzt hat das Verdorren der letzten Beeren, geschrumpelt sind die lieblichen Trauben und zu Rosinen getrocknet noch am Stamm.

Der Herbst kam doch unangebracht überraschend. Und ich, ich wehre mich. Ich will Sommer bleiben. Genauso frisch und knackig, dunkelrot saftig und prall-gelb.

Welch Irrtum. Lebkuchenherzen sitzen auf meinen Hüften.

Ich bin fuchsteufelswild.

Elke Heselschwerdt

Herbstversöhnung

Am Samstag um 10 Uhr im Bett sitzen
und draußen ist es neblig,

auf die Terrasse gucken und
Bertram und Quendel stehen im Salbei,

einen Haufen goldene herbstrote Ahornblätter
in der Sonne liegen sehen,

zum Frühstück um 11 'ne Charly McKoy
Blues Schallplatte auflegen,

auf einen Nix-tu-Tag mit
warmen Holundersaft anstoßen
und mit einem Mann zu leben, der sich daran freut.

Warum sah ich dies alles nicht,
als sich der Sommer aus dem Staub machte?

Sei mir willkommen lauer Herbst nach getaner Arbeit.

Sybille Strauß-Synesiou

Des Herbstes letzte Züge

Der Himmel glüht, die Blätter brennen.

Das soll der große Abschied sein?

Die Rose blüht und alle kennen

den goldenen Herbstmittagssonnenschein.

Ein Apfelduft weht übers Land.

Auch in der Stadt riecht es nach Erde.

Wie Nebel wallt die Zeit dahin.

Verheißend, dass aus Abschied

Anfang werde.

Dorothea Bauer

Mein Jahreslauf

Januar, Februar, März, April-
Ich spüre wieder, dass ich was will.

Mai, Juni, Juli, August-
Ich schmeiß' mich ins Leben voller Lust,
ich grabe, hacke, gieße, pflanze,
die Jungen staunen: Ich Alte tanze.

September, Oktober, November-
remember, remember.

Dezember-
die Kerzen rot,
mein Antrieb tot.

Erinnerungen

Katja Holzlöhner

Flöhe

In der Grundschule hatte ich einen alten Mathelehrer, der immer mit den abenteuerlichsten Geschichten daher kam.

An einem sehr kalten Wintermorgen erzählte er uns Kindern, bei ihm wäre es so kalt, dass die Flöhe auf seiner Wasserschüssel Schlittschuh laufen.

Ich konnte mich den ganzen Tag nicht konzentrieren, weil ich überlegte, wie die Flöhe zu den Schlittschuhen gekommen sind.

Heute frage ich mich allerdings, wie mein Lehrer zu den Flöhen gekommen ist.

Sara Löhe

Was ich wieder tun würde

Wann ich die Entscheidung für Dich, für uns getroffen habe, das weiß ich nicht mehr genau. Wir haben zusammen gearbeitet inmitten gleichaltriger Kollegen und einem Geschäftsführer der – selbst einsam – eifersüchtig über das Privatleben seiner Angestellten wachte.

Unsere Beziehung war ein berufliches Risiko für mich, aber mehr noch waren es Deine Augen, Deine Blicke. Dein intensives Wollen brachte mich in Not. Ich wusste, wenn ich Dir die Türen meines Herzens öffnen würde, dann würde mein Herz in Flammen stehen. Ich tat es und es stand in Flammen. Es brennt immer noch. Eine Entscheidung für die Intensität, die Leidenschaft, für ein Auf und Ab das nicht gemäßigt ist.

Berufliche Konsequenzen folgten und auch mit uns geschah etwas. Wie können sich zwei Menschen so aneinander reiben, aufreiben, streiten, schreien, wütend sein und doch intensiv, unablässig und wahrhaftig lieben – Liebe erleben jeden Tag?!

Eine Zeit brach an, die schwerer war als alles Bisherige.
Wir hatten bis dorthin im Außen viel verloren, gewonnen
und erfahren. Doch hier ging es dann nicht mehr um das
oder dort, die oder welche, hier ging es um Dich und mich.
Nur Dich und mich. Um das was sich zwischen uns
langsam, unbemerkt eingeschlichen hatte.

Wir gingen an unsere Grenzen, über sie hinaus. Kämpften
drei Jahre lang am absoluten Rande von uns – um uns.

Wir haben gewonnen. Das WIR hat gewonnen. Jetzt willst
Du, dass ich Deine Frau werde und das will ich auch.

Du und ich,

das würde ich wieder machen.

Sara Löhe

Paprika

Als Kind sitze ich am Mittagstisch. Um mich herum meine Geschwister und Eltern. Etwas abgehetzt und mit wuchtigen Handschuhen stellt meine Mutter das Essen auf den Tisch. Ein großer, glänzender Edelstahlbräter. Zwei Dinge sind mir in diesem Moment ganz klar: 1. meine Mutter ist total genervt und 2. der Edelstahlbräter ist glühend heiß. Anfassen verboten!

Hauptsächlich beschäftigt mich allerdings eine dritte Sache: Hat sie diesmal die Deckel drauf gelassen? Einmal hatte sie diese nämlich vergessen und ich war so enttäuscht. Der Topfdeckel hebt sich und „Juchhu" die Deckel sind noch auf den „Mülltonnen". Gefüllte Mülltonnen hat meine Mutter dieses Gericht immer genannt und irgendwie war der Name mit das beste an diesem Essen.

Ich suche mir also eine Mülltonne aus und bekomme sie auf meinen Teller. Unterwegs geht der Deckel verloren, findet aber schnell seinen Platz auf meinem Teller wieder.

Sorgsam lege ich ihn auf meine gefüllte Paprika. Er passt nicht ganz aber ich bin trotzdem zufrieden mit der Wahl. „Ja gut den blöden Reis nehme ich dann halt auch" denke ich, denn ich weiß ja, ich muss alles probieren und auch die Beilagen und Gemüse nehmen. Sonst kriegt man wohlmöglich keine so tolle Tonne wie die auf meinem Teller.

Ein kurzer Blick nach rechts und ich sehe ungläubig zu, wie mein Vater seinen Deckel achtlos zur Seite schiebt und anfängt die Tonne lieblos zu zerteilen. Das Hackfleisch kullert aus der Mülltonne, die als solche nicht mehr zu erkennen ist. Ansonsten kriege ich von meiner Familie, immerhin acht Personen am Tisch, nicht viel mit. Bin ganz gefangen von dem Gericht auf meinem Teller.

Irgendwann ermahnt mich meine Mama mit genervtem Unterton, jetzt doch endlich mal anzufangen mit dem essen. Bevor ich anfange das Innere der Mülltonne herauszufischen um die Form so lange wie möglich zu erhalten, kläre ich ab ob jeder noch so eine schöne Mülltonne bekommt wenn er die erste aufgegessen hat.

Diesmal bleibt meine Mama ganz cool und meint wenn ich die auf meinem Teller aufgegessen habe, würde ich noch eine Mülltonne bekommen.

Mit eisernem Willen und den Blick fest auf die Aussicht einer weiteren Mülltonne gerichtet, fange ich an zu essen. Nach gut einem Drittel bin ich pappsatt. Vergessen ist die zweite Mülltonne.

Stattdessen denke ich darüber nach ob man, obwohl man nicht aufgegessen hat, trotzdem den Nachtisch bekommt.

Diese magischen Mülltonnenmomente und das Kochtalent meiner Mama bleiben mir unvergessen.

Elke Heselschwerdt

Die Damals-Kekse

Auch wenn Nahrungsmittel knapp waren, so sparten
Mütter, Omas, Witwen und Fräuleins nicht bei der
Weihnachtsbäckerei.

Sie buken mit Ehrgeiz acht bis zwanzig Sorten feiner
Leckereien. Der Stolz jeder Bäckerin war die Vielfalt ihrer
Kekssorten.

Oben auf dem Schlafzimmerschrank in große Schachteln
und Blechdosen geschichtet, wurden die Schätze gehütet.

Damals besuchte man sich häufiger – auch in der
Vorweihnachtszeit. Telefone waren Rarität.

In Küche und Wohnräumen roch es nach warmen
Vanillekipferln, roter Marmelade und Zimtpuder, nach
Walnussmarzipan und Schwarz-Weiß-Gebäck.

Eisschokolade war am besten, wenn die kleinen

Blechförmchen in echtem Schnee erstarren durften. Wenn bei der Aufbewahrung das Geheimnis der Temperatur beachtet war, zerschmolzen die heraus geklopften Figürchen köstlich im Mund.

Gefüllter Lebkuchen dauerte Ewigkeiten bei der Herstellung.

Die Damals-Kekse hatten Zeit und ein Kaffeekränzchen als Zutaten und schmecken heute nach wohliger Erinnerung.

Klaus Heselschwerdt

Allein

Nun sitze ich also wieder allein in meinem Haus und
beklage die Einsamkeit und die schnöde Leere.

Ihr Garten ist mir geblieben und ihre Duftwässer auch.
Was soll ich damit?

Der Garten tut weh und die Wässer ohne Körper verduften.
Die Fotos erinnern an glückliche Zeiten – abhängen sollte
man sie, dann bliebe an der Wand die gleiche Leere wie in
meiner Seele.

Erinnerungen steigen hoch wie schwarze Geistergestalten,
höhnisch grinsend, erinnernd daran, dass alles nicht ewig
dauert und Glück schon gar nicht.

Marie Verbeek

Lebensabend

Zu meinem 65sten Geburtstag wurde mir kein Glück mehr gewünscht, sondern vielmehr „Gesundheit". Obwohl das letztendlich aufs Gleiche herauskommt, bin ich doch hellhörig geworden.

Ich höre jetzt häufiger Stimmen. Stimmen, die versuchen Einfluss auf meine Lebensführung zu nehmen. Sie geben mir Ratschläge, tragen Bedenken vor und wollen mir sogar Vorschriften machen, was ich unbedingt tun soll.

Vieles davon kreist um das Thema „bewegen": ich soll mich z.B. mehr bewegen und auch regelmäßiger. Ich soll mir Gedanken machen über einen Umzug in eine bequemere Wohnung, damit ich mich nicht so viel bewegen muss. Ich soll mir überlegen, ob es vernünftiger ist mich noch so frei im Verkehr zu bewegen, dem Straßenverkehr und – oh, my god - dem Geschlechtsverkehr. Sicher soll ich nicht mehr länger zögern mit diesem Schritt: zum Notar.

Staunend und dann mit zunehmendem Ärger habe ich den scheinbar so fürsorglichen Stimmen dieser Gedankenkontrolleure zugehört. Doch jetzt will ich mal Eins sagen: mir passt das alles nicht. Mir steht der Sinn nicht nach all dieser action. Ich möchte mich lieber hinlegen und vor allem: quer.

Denn das Schöne an diesem meinem Lebensabend ist freilich dies: Er ist meins und das möchte ich auskosten: mit nutzlosem Sein, die Tür nicht mehr zu öffnen für Schuldner, mich bewegen auf die Musik der Stille, das Grelle des Lebensmorgens und die Selbstsicherheit des Lebensmittags aus dem Fenster werfen, mich zwei Mal die Woche ins Türkische Bad fahren lassen, wo kräftige Frauen mich einseifen werden, und in der Dämmerung erstarren, in Angst vor dem Tod. Am Abend werde ich meiner stillen Leidenschaft frönen: dem Betrachten von Sämereienkatalogen. Ich werde mein Verkehren mit vergangenen Geschlechtern intensivieren und dann in den Keller hinunter gehen und den Champagner holen, um damit die letzte Kerze zu löschen.

Blaue Stunde

Sara Löhe

Nachtphantasie

Ich liege auf dem Rücken.

Über mir beginnt der Abendhimmel sich umzukleiden.

In rosa Taft, blauem Satin und weißer Spitze.

Zeus liegt hinter einer Wolke und lockt Nymphen.

Ein weißes Pferd galoppiert an einer Himmelsbrandung.

Eine Stadt vergeht in violettem Feuer.

Graue Miesmacherwolken

drängeln sich in der Schlange vor.

Zwei Krieger durchbohren sich mit scharfer Klinge und

tränken den Himmel mit ihrem Blut.

Drängende Sonnenstrahlen wärmen nackte Körper beim

Wolkenliebesspiel.

Schiefergraue Nebelgeister

schicken erlösende Boten zur Erde.

Geheimnisvoll verhüllte Witwe sendet eine schwarze Rose.

Nachtgeflüster ist zu hören.

Gäste in Sternenschuhen treffen unerwartet ein.

Ein absoluter Moment der Stille.

Dann setzt das Milchstraßenorchester ein und das Fest

beginnt.

Täuschung

Die wirbelnden Nadeln der Lärche
legen sich in windstille Ecken.

Der weiße Schnee fällt auf mein
Gemüt und spricht:

„Werde ruhig - alles Phantastische
bleibt, wenn du ganz leise bist."

„Glaub ich nicht", antwortet die
Täuschung,
„Nichts dauert ewig.
Auch Schneemänner schmelzen!"

Sybille Strauß-Synesiou

Von Raben und Elstern

Vom Schornstein krächzt müde ein Rabe
hinaus in die eisweiße Welt.
Sein Ruf bleibt unverstandene Frage-
wir hören, wie Schnee lautlos fällt.

Und federleicht verschmelzen Flocken
zur steifen Decke aus Kälte und Schnee.
Die Erde schläft und die Elstern locken
kraftvoll im Zick-Zack-Sprung hinüber zum See.

Sie toben durch ruhende Auen
übermütig, schwarz-weiß und sehr wild.
Und hinterlassen, während wir schauen,
Spuren im Schnee - als phantastisches Bild.

Blaue Stunde

Feuchte Luft duftet nach Erde und Laub.
Milde lächelt der Vollmond
von seinem luftigen Himmelbett herab.

Licht und Himmel wechseln beständig die Farbe
und die Mücken üben Freiflug
im Lichtkegel der Straßenlaterne.

Gleichmäßig atmend,
meinen eigenen Rhythmus findend
wandere ich der blauen Stunde entgegen
vom Tage zur Nacht.

Beija Flores

Im Logenplatz

Bei tiefer Nacht lausche ich
der wilden Herbstkomposition
vor meinem Fenster.
Ich höre es genau.
Die riesigen Platanen
mit ihrem noch vollen Blatthaupt.
Ihre kräftigen Zweige,
welche sich biegen
unter der Kraft des Windes.
Das mächtige Rauschen,
die darin verborgene Musik.
Allegretto-Einsatz daneben stehender
Bassgeigen, uralte, blutrote Buchen.
Eiliges Waldhornstaccato der Kastanie,
trommeln der prallen, spitzen Frucht.
In heller Aufruhr, sich überschlagende Flötentriller
mondscheinbeleuchteter Birken, zimbelndes, wischendes
Schilfgras am Teich.
Der Sturm dirigiert
Schostakowitsch fis-Moll.

Allein durch die Nacht

Seidene Schwärze ruht über dem Land
verschwenderisch hell funkeln am Himmel die Sterne
im Dunkel der Wälder
verborgenes Leben.

Allein durch die Nacht
die Schönheit des Moments bestaunend.

1. Dezember

Der Morgen noch schummrig grau.

Die Großelternuhr tickt mit schwerem
Schlag „und…sie-ben".

Erster Frost, erste Schneekristalle.

Am Fenster blitzen und flimmern tausend
Swarovski Steine.

Der Mond ist von Nebelgarn umhäkelt.

Am liebsten zurück huschen unter die warme Zudecke.

Sara Löhe

Knisternde Kamine
Kuschelwarme Pullis
Würzigwarme Getränke
Knusperleckere Plätzchen
Flockenweicher Schnee

VON WEGEN

Klitschenaßkalte Füße
Glühweinverbrannte Zunge
Ausrutschende Blauflecke
Wahnsinnskratzende Wolle
Nieselfeiner Linksregen

Winter schmecken

Die Erde riechen
Und Blätter hören

Den Wind trinken
Und Nebel essen

Dabei
Den Schnee träumen

Gaby Villing

Nebeltraum

Sonniger Spätsommertag, noch verborgen im Nebelkleid.
Zarte Sonnenstrahlen durchbrechen sacht den Schleier des
Morgens. Stadtspaziergang über die Donaubrücke.

Augenblick der Aufmerksamkeit und Achtsamkeit.
Staunen über die Wunder der Natur.

Unzählige Spinnennetze verzieren die
Geländerzwischenräume. Sie schimmern wie ein Meer aus
filigran gewirkten Kunstwerken, geschmückt mit
abertausend kostbaren kleinen Perlen.

Der Nebel erst verwandelt das Unsichtbare in das
Sichtbare. Der Nebel erst verzaubert den Anblick.

Wer mit offenen Augen und Herzen durch die Welt
schreitet, wird beschenkt von der Fülle des Lebens.

Sybille Strauß-Synesiou

Stiller Auftritt

Und leise schreiten die Abendgeister einher.
Sie nahen in wallenden pastellfarbenen Gewändern
und schicken die hektischen Taggeister
in ihren grellen Kostümen
der Sonne hinterher- auf die andere Seite der Welt.

Zartes Licht senkt sich über das Land und
die Blaue Stunde beginnt!

Die Zeit der Träumerinnen und der Mondsüchtigen.
Die Zeit der Wolkenschauerinnen und Zauberinnen.
Im magischen Licht der Blauen Stunde
lagern sie an verwunschenen Plätzen,
wandern umher und atmen violette Luft,
sammeln kosmische Energie.

Und bevor die Nacht den Abend liebevoll umarmt,
flattert der Nachtvogel über das Land,
und der Abend raunt der Nacht ins Ohr:
„Küss mich!"

Rückblick

Wenn der Tag sich in sein Zimmer zurückzieht,
wenn die Uhr still steht,
wenn die Sonne dem Mond mit Handkuss Adieu sagt,
ist Zeit, mich mit meinem Leben zu versöhnen,
im Kopf mein Tagebuch hervor zu kramen
und an die schönen Momente zu denken.

Aufbruch

Sara Löhe

Ähnlich dem Wind

Hinweg fegen

Regen bringen

Erde tränken

Keimen lassen

Nachsorgen

Ernte einfahren

Ideen säen

Dank sagen

Elke Heselschwerdt

Zukunftsfrau

Du Angstfrau, spricht die Zweiflerin

Du Duckmäuserin, spricht die Gescheiterte

Du Windspiel, spricht die Nörglerin

Du Mutige, spricht die Fee

Du Glückliche, spricht die Wahrheitsgöttin

Du Schaffende, spricht das Hoffnungsweib

Sybille Strauß-Synesiou

Aufbruch

Wandere hinein in den dunkelblauen Morgen

Erklimme den brennenden Berg

Jetzt!

Werkregister alphabetisch

1. Dezember	(Heselschwerdt, E.)	119
13. August 1961	(Heselschwerdt, E.)	40
60 Minuten aus der Zeit	(Heselschwerdt, E.)	10
Ähnlich dem Wind	(Löhe, S.)	127
Allein durch die Nacht	(Strauß-Synesiou, S.)	118
Allein	(Heselschwerdt, K.)	107
Als eine Türe zufiel	(Brachat, B.)	66
Am Fluss	(Strauß-Synesiou, S.)	57
Artistin	(Löhe, S.)	72
Aufbruch	(Strauß-Synesiou, S.)	131
Aufwachen	(Löhe, S.)	28
Blaue Stunde	(Strauß-Synesiou, S.)	116
Blaue Traum	(Strauß-Synesiou, S.)	52
Brennnessel	(Villing, G.)	70
Damals-Kekse	(Heselschwerdt, E.)	105
Das gefundene Mehr	(Strauß-Synesiou, S.)	17
Das Große im Kleinen	(Strauß-Synesiou, S.)	39
Draußen sitzen	(Strauß-Synesiou, S.)	90
Efeu	(Löhe, S.)	71
Ein-Tauchen	(Heselschwerdt, E.)	30
Episode	(Heselschwerdt, E.)	85
Flöhe	(Holzlöhner, K.)	99
Flohmarkt	(Holzlöhner, K.)	26
Frühling im Herzen	(Heselschwerdt, E.)	68
Fuchsteufelwild	(Heselschwerdt, E.)	92

Gedanken brüten	(Heselschwerdt, E.)	81
Glück auf zwei Rädern	(Strauß-Synesiou, S.)	33
Heftpflaster	(Löhe, S.)	21
Herbstes letzte Züge	(Strauß-Synesiou, S.)	95
Herbstversöhnung	(Heselschwerdt, E.)	94
Ich schenke mein Haar	(Flores, B.)	23
Im Logenplatz	(Flores, B.)	117
In dieser kurzlebigen	(Heselschwerdt, E.)	80
Jahreslauf	(Bauer, D.)	96
Katzenleben	(Löhe, S.)	65
Lebensabend	(Verbeek, M.)	108
Lirumlarum Lämmerschwanz	(Bauer, D.)	36
Lirumlarum Langsamkeit	(Bauer, D.)	36
Lirumlarum Lebensfreude	(Bauer, D.)	35
Lirumlarum Liebeskummer	(Bauer,D.)	35
Looser	(Strauß-Synesiou, S.)	49
Maigrünes Gras	(Heselschwerdt, E.)	69
Mein ICH braucht Politur	(Heselschwerdt, E.)	79
Miguel und die Sterne	(Strauß-Synesiou, S.)	44
Nachtphantasie	(Löhe, S.)	113
Nebeltraum	(Villing, G.)	122
Neue Schuhe	(Löhe, S.)	11
Paprika	(Löhe, S.)	102
Phantomschmerz	(Strauß-Synesiou, S.)	9
Raben und Elstern	(Strauß-Synesiou, S.)	115
Raus aus den Federn	(Diesch, R.)	63
Rückblick	(Heselschwerdt, E.)	124

Schreiben	(Löhe, S.)	13
Seelenregen	(Löhe, S.)	43
Sommerzeit mit Dir	(Löhe, S.)	88
Später Anruf	(Löhe, S.)	34
Stiller Auftritt	(Strauß-Synesiou, S.)	123
Täuschung	(Heselschwerdt, E.)	114
Trotzig im Stehen	(Dietz, B.)	60
Über die Zeit	(Strauß-Synesiou, S.)	77
Unterwasserachterbahn	(Löhe, S.)	86
Verborgener Schatz	(Dietz, B.)	14
Versinken in Blau	(Strauß-Synesiou, S.)	89
VON WEGEN	(Löhe, S.)	120
Warmer Herbstwind	(Löhe, S.)	91
Was ich nicht wusste	(Heselschwerdt, E.)	24
Was ich wieder tun würde	(Löhe, S.)	100
Wechselhaftigkeit	(Heselschwerdt, E.)	78
Welches Tempo	(Heselschwerdt, E.)	19
Wenn der Abend kommt	(Strauß-Synesiou, S.)	74
Wenn ich tanze	(Löhe, S.)	82
Winter schmecken	(Strauß-Synesiou, S.)	121
Wo kämen wir denn dahin?	(Verbeek, M.)	12
WUT	(Löhe, S.)	59
Zelten	(Löhe, S.)	29
Zugfahrt	(Löhe, S.)	84
Zukunftsfrau	(Heselschwerdt, E.)	129
Zwei Dinge	(Heselschwerdt, E.)	22